El Monstruo de la Pradera

Ronald S. Martinez Sr.

Traducido por Alexandra M. Ribadeneira, PhD

El Monstruo de la Pradera

Ronald S. Martinez Sr.

Traducido por Alexandra M. Ribadeneira, PhD - Traductora academica y profesora adjunta de Departamento de Ingles e Idiomas de Colorado State University, Pueblo, Colorado

ARPress
45 Dan Road Suite 5
Canton MA 02021

Línea directa: 1(888) 821-0229
Número de fax: 1(508) 545-7580

Información de pedido:

Cantidad de ventas. Hay descuentos especiales disponibles en compras de cantidades por parte de corporaciones, asociaciones y otros. Para obtener más información, póngase en contacto con el editor en la dirección anterior.

Impreso en los Estados Unidos de América.

ISBN-13:   Tapa blanda   979-8-89389-038-9
                      Libro electrónico   979-8-89389-039-6

Número de control de la Biblioteca del Congreso: 2024912616

TABLE OF CONTENTS

Prefacio

Antes de las naves espaciales, aviones, trenes, automóviles, rascacielos y computadoras, hubo la imaginación que hizo todo esto posible. Y antes de los hombres y sus inventos, hubo niños que los precedieron y adultos a cargo de su cuidado que fomentaron y estimularon su imaginación.

En *El monstruo de la pradera*, dos niños descubren, en medio de su juego, huellas que se asemejaban a las de las lagartijas con las que solían entretenerse en un vasto territorio propicio para el descubrimiento.

Los niños establecen conexiones mentales en su juego imaginativo, pero con la ayuda de un sacerdote, un adulto que fomenta su fantasía y comparte su entusiasmo, se produce un enorme descubrimiento en los lechos de los ríos de las áridas praderas al sur de lo que hoy es La Junta, Colorado.

En este relato ficticio con referencias históricas, el descubrimiento de las huellas de dinosaurio lleva a los niños y al sacerdote a una expedición emocionante que les abre un mundo desconocido. En este camino, también se transforman en testigos de la evolución de la historia de Colorado, al mismo tiempo que buscan convertirse en contribuyentes a la historia de la ciencia.

El monstruo de la pradera, visualizado por los niños como algo más extraño que la realidad, resultó ser incluso más extraño que cualquier relato exagerado que pudieran contar.

En las llanuras orientales de Colorado, entre escarpados cañones, arroyos y lechos fluviales, se encuentran huellas que prueban la existencia de monstruos carnívoros y herbívoros: los *Allosaurus* y los *Apatosaurus*, que compartieron la tierra hace al menos 165 millones de años.

El *Allosaurus*, un terópodo, se considera que fue una de las criaturas prehistóricas más feroces del mundo. El *Apatosaurus*, que comúnmente se conoce como el *Brontosaurus*, fue uno de los saurópodos herbívoros más grandes.

Juntos, «viven» en lo que ahora se llama el Cañón *Picketwire* en el Pastizal Nacional Comanche. Las casi 2,000 huellas o impresiones de dinosaurios se consideran los rastros más grandes de América del Norte, por lo que este lugar es ahora una atracción turística mundial justo al sur de La Junta, Colorado. Nativos americanos, españoles, mexicanos, franceses y, más tarde, estadounidenses, dejaron su huella histórica en la misma zona. En la historia registrada, se le atribuye a una joven estadounidense el mérito de haber llevado las huellas a la atención del mundo. Sin embargo, muchos otros deben haber tropezado con las extrañas huellas, pueblos prehistóricos incluidos.

Dos personajes de ficción, Tomás e Igasho, se convierten en amigos imaginarios del monstruo de la pradera a finales del siglo XVIII, en representación de dos de los primeros pueblos diversos que vivieron entre las huellas.

Sus viajes desde donde estaban las huellas de dinosaurios hasta Santa Fe abarcaban gentes y tierras con significado histórico.

Los primeros habitantes de la región fueron los nativos americanos, inicialmente los prehistóricos anasazi, seguidos por los apaches, comanches y ute. Posteriormente, llegaron los primeros europeos que exploraron la zona, entre ellos los españoles, junto con los mexicanos o mestizos, que nacieron de la unión entre españoles y nativos indígenas. Todos estos pueblos realizaron importantes contribuciones artísticas y culturales, que abarcaron desde las artes culinarias hasta la música, la danza, la ciencia militar, las ciencias puras, la tecnología, la arquitectura, la minería, la ganadería y el manejo de los caballos.

A lo largo del camino, coloridos nombres indígenas y españoles se convirtieron en parte del paisaje. Antes de recibir oficialmente el nombre de *Pikes Peak* en honor al explorador *Zebulon Pike*, los españoles denominaron a esta montaña, El Capitán. Los Picos Españoles en el sur de Colorado se hicieron famosos como los *Huajatollas*, el nombre que les otorgaron los nativos americanos. Alrededor de 1842, un centro de comercio que posteriormente se conoce como Pueblo, Colorado, se estableció en la confluencia del río Arkansas y el arroyo *Fountain Creek*. Este centro atraería a mercaderes franceses, españoles y mexicanos, así como a colonos anglosajones que se desplazaban hacia el oeste. Cerca de este sitio, el explorador Juan Bautista de Anza fundó en 1787 el asentamiento de San Carlos. Anza es conocido por fundar la ciudad de San Francisco, California, además de desempeñarse como el oficial español encargado de sofocar los ataques de los comanches a los asentamientos españoles en Nuevo México y Colorado.

Pequeñas colonias españolas, como la Plaza de Los Leones y Aguilar, situadas entre 45 y 65 millas al sur de Pueblo, respectivamente, así como Trinidad, más al sur, se transformaron posteriormente en populosos pueblos y ciudades. La Plaza de Los Leones que fue inicialmente conocida como Las Palomas se convirtió más tarde en la actual ciudad de *Walsenburg*.

Estas poblaciones, incluida La Junta, se establecieron a medida que los colonos españoles avanzaban hacia el norte desde Santa Fe y la parte norte de Nuevo México. Para aquellos con apellidos españoles, esta región seguía siendo una parte de su amada España, que muchos aún reclaman como su lugar de origen.

El nombre Colorado, relacionado con el color rojo en español, describe al río Colorado atravesando cañones rojos a cientos de millas de distancia en la esquina suroeste del estado, antes de vaciarse en lo que ahora es el estado de Arizona. Sin embargo, la región por la que anduvieron los viajeros en *El monstruo de la pradera* no tenía nada de rojo, sino que era verde, con pinos y álamos y todo tipo de árboles, aves y animales de la montaña, como osos, alces, urogallos, conejos, castores, puercoespines, zorrillos y serpientes. Sí, serpientes en abundancia.

Las montañas de Cuerno Verde, a unas 16 millas al sur de Pueblo, recibieron el nombre póstumo del jefe comanche Cuerno Verde, a quien Anza buscaba. El nombre Cuerno

Verde viene del color de los cuernos del tocado que utilizaba el jefe comanche.

En el siglo XVI, los españoles introdujeron el primer caballo domesticado en América. Posteriormente, los nativos americanos adquirieron, comerciaron y robaron estos animales. Estas dos culturas llegaron a dominar y apreciar la importancia de estos mamíferos en el continente americano. Estos hombres se convirtieron en sus amos y cuidadores vigilantes, así como en jinetes y rancheros expertos que establecerían el patrón para generaciones de colonos que se abrían paso lentamente desde el este.

Los caballos en la historia de *El Monstruo de la Pradera* fueron muy importantes en la travesía de los viajeros desde su hogar en la pradera hasta su destino.

Los indígenas americanos dominaron la tierra y la cultura de América desde la punta norte de Alaska y Canadá hasta el extremo opuesto en Sudamérica por al menos 30,000 años, tras su migración desde Asia. Mucho más tarde, la marea se tornó en contra de los nativos americanos, ya que la resistencia indígena a la intrusión extranjera provocó ataques por los dos lados. La ideología del destino manifiesto acabó desalojando a España y más tarde a México del territorio continental de Estados Unidos, pero sus ciudadanos y ocupantes nativos americanos, españoles y mexicanoamericanos conservan gran parte de su identidad.

El nombre de la ciudad de La Junta encierra el significado de «reunión». De manera similar, la casa de adobe azul era un asentamiento y punto de encuentro entre dos culturas: la nativa americana y la española. Sin embargo, el descubrimiento de la criatura anunció la inminente colisión de la humanidad con monstruos prehistóricos aún no revelados que de repente cobraron vida en la imaginación de dos niños. Junto con el padre Marcos, desatarían con fuerza la presencia de estos monstruos al mundo.

Dedicatoria

Este libro está dedicado a mi maravillosa esposa, Rosie Alejandra Cortez Martinez y a mi admirable madre Bertha Maclovia Trujillo Martinez.

Agradecimientos

Me gustaría dar crédito donde es debido con respecto a este libro. En primer lugar, el mérito es de Nuestro Señor y de Su Santa Madre, María, cuyas bendiciones, por las que estoy muy agradecido, me ayudaron a escribir esta historia. Luego, a mi bella esposa, Rosie, y a mi familia inmediata, mis hijos, hijas y nietos, quienes me proporcionaron el aliento que más aprecio. También expreso mi gratitud a la Cámara de Comercio de La Junta, Colorado, y en especial a los guías de las huellas en el Cañón *Picketwire* del Pastizal Nacional Comanche, quienes vigilan y estudian las huellas de las criaturas prehistóricas. Además, fueron de gran ayuda los recursos y el personal de la Biblioteca Regional de Pueblo y el Museo de El Pueblo de Pueblo, Colorado. También estoy agradecido con los niños del mundo, a quienes debemos nuestra gratitud por su curiosidad e imaginación, así como a los maestros que fomentan esos talentos intuitivos, junto con sus padres y abuelos. Por supuesto, reconozco a mis antepasados españoles, nativo americanos y mexicanos, cuyas exploraciones e imaginación hicieron de la vida en las Américas una verdadera aventura. Y, por último, doy las gracias a mis dos hermanos Richard Ross Martinez y Carl Adam Martinez, así como a mi hija Consuelo y a mi yerno Juan Gutiérrez, quienes contribuyeron a la publicación de este libro. Por supuesto, agradecemos a los dinosaurios por dejar huellas tan maravillosas que se seguirán por muchos años más.

Capítulo Uno

Establecerse en la querida tierra del monstruo

El sol brillaba intensamente en la casa de adobe de Tomás. La casa estaba rodeada de artemisas y cactus y revelaba visiblemente sus raíces españolas y mexicanas.

Azul.

Jesús, el padre de Tomás, adquirió tintas azules a cambio de unas pieles de oveja en un trueque con los nativos indígenas ute quienes a su vez las obtuvieron en un intercambio con otras tribus cerca de su residencia, en lo que ahora se conoce como La Junta, Colorado, en el valle por donde fluye el río Arkansas.

Tomás amaba su casa de adobe, a su padre y a sus amigos nativos de piel bronceada con quienes jugaba. Su madre murió cuando él no era más que un niño de cinco años. A Tomàs le encantaban las historias de su padre sobre su madre, su familia y la tierra en la que habían venido a vivir. Pero, sobre todo, Tomás amaba el polvo, las rocas, los halcones y el camino hacia los monstruos que vivían en los cañones de las praderas cercanas.

Sí, los monstruos.

Tomás se calentaba en el sol de la mañana. Sus pensamientos enfocados en lo que le rodeaba: llanuras desérticas, artemisas, tierra polvorienta, cañones y cielo azul. Era una tierra habitada por coyotes, conejos, antílopes, lagartijas y algunos alces que habían bajado de las montañas a millas de distancia. Los animales se adentraban en los cañones y arroyos adornados con piñones y lechos de ríos desecados.

Por un breve instante, la mente de Tomás regresó a Santa Fe, y su memoria empezó a traer recuerdos del viaje que los llevó hasta su hogar azul en la pradera.

Su madre y padre, Consuelo y Jesús Cortez, se casaron en Santa Fe. Consuelo era indígena nativa de una de las tribus Pueblo y, para Jesús, la mujer más hermosa que había visto en su vida.

Tomás sólo tenía cinco años cuando los tres salieron de Santa Fe en una expedición con los padres Francisco Domínguez y Francisco Escalante en 1776. Viajaban junto a un numeroso grupo de sacerdotes franciscanos, familias colonialistas españolas y militares a caballo. Mientras jugaba con los niños del grupo de viajeros, al escuchar en silencio a sus padres y a los sacerdotes, Tomás descubrió que la misión de esta expedición era convertir al catolicismo al mayor número posible de nativos americanos, en la ruta a través de lo que hoy es Nuevo México, Colorado, Utah y Arizona, así como trazar un camino hacia las misiones españolas de Monterrey, California.

Tomás, aunque un niño, era un observador astuto, especialmente de su padre, Jesús. A diferencia de otros hombres a quienes les atraían los caballos, la agricultura o las conversaciones triviales, su padre era un constructor incansable. A pesar de su juventud, tenía las manos siempre llenas de polvo y agrietadas de tanto trabajar con adobe y madera. En ese sentido, era más mexicano que nadie, según Tomás. Jesús contaba sobre su nacimiento en la Ciudad de México, antiguamente conocida como Tenochtitlan para los aztecas. Su padre, José Adán, fue un español que se casó con su madre, una mujer indígena de esa región. Tomás recordaba que su abuelo fue quien enseñó a Jesús el oficio de constructor.

—Me convertí en constructor y edifiqué numerosas casas de adobe en Santa Fe, especialmente a lo largo de un camino real, uno de los muchos caminos reales en los territorios españoles —decía Jesús.

Tomás recordaba la tímida fascinación de su padre al confesar que se enamoró del trabajo en adobe de los indígenas nativos Pueblo, así como de la mujer que vivía allí: la madre de Tomás, Consuelo.

Tomás recordaba asistir regularmente a misa en Santa Fe con sus padres, quienes le inculcaron la importancia de mantenerse cerca de Dios y de la fe católica en esta nueva tierra. No obstante, también se sentía cercano a las raíces indígenas de su madre, a quien algunas veces encontró rezando al aire libre, como si hablara con la tierra, el cielo y los árboles. En contraste, además notaba el fuerte anhelo de exploración de su padre, por lo que no le sorprendió la decisión de Jesús de aventurarse con la misión Domínguez-Escalante en un territorio nativo americano a veces hostil.

Días después de salir de Santa Fe, el grupo llegó a lo que se conocía como San Luis, en lo que hoy es Colorado. Entre juegos, Tomás centraba su atención en su padre y en un soldado español. Más tarde les contaron a Jesús y a su madre que el soldado médico, de nombre Sebastián Valdez, tenía instrucciones de un oficial español de abandonar la expedición Domínguez-Escalante y dirigirse en la otra dirección, a tierras al este de las montañas de Colorado. Jesús se enteró de que, al igual que su padre, Sebastián tenía un firme objetivo de exploración y conquista, pero con un propósito más específico.

Entonces las cosas se pusieron emocionantes para Tomás y los exploradores.

Jesús habló con su pequeña familia sobre los esfuerzos del gobierno de España para detener las incursiones comanches contra los colonos españoles en aquella región y en lo que hoy es el sur de Colorado. Al llegar a San Luis, Sebastián se separó de la caravana junto a algunos soldados, varios guías indígenas de la tribu ute y dos sacerdotes: el padre Marcos y el padre Martín. A este grupo se unieron Jesús y su esposa, acompañados por un perro llamado Cuervo y algunas ovejas. Ellos se convertirían oficialmente en un grupo de reconocimiento avanzado para vigilar a Cuerno Verde, el jefe comanche que había causado estragos entre los colonos españoles de Colorado y Nuevo México. Fue la primera excursión franciscana al este de las montañas Sangre de Cristo y la primera al sur de Colorado.

Al igual que todos los demás expedicionarios, los ojos de Tomás escudriñaban constantemente la nueva tierra en busca de señales de indígenas nativos, incluso desde su limitado punto de vista junto a su pequeño y unido grupo. Tomás también recordaba a los nativos ute que viajaban adelante para detectar posibles problemas.

Los ojos de Tomás se mantenían abiertos de par en par ante las altas y boscosas montañas, ríos, valles, arroyos y escarpes rocosos a lo largo del camino, a diferencia de las bajas y onduladas colinas de Santa Fe, que mostraban vívidamente la vida salvaje: ciervos, alces, zorros, puercoespines y serpientes.

Después de días de viaje y las delicias de carne fresca, bayas y raíces que los nativos ute les enseñaron a apreciar, el grupo cruzó un río ahora conocido como el Arkansas. Tomás recordó su decepción al no encontrar ningún hostil. Todos los demás lanzaron un suspiro de alivio, y la expedición decidió emprender un viaje hacia el este a través de las llanuras.

Tomás también recordó con emoción una inesperada persecución que ocurrió en su trayecto hacia su nuevo hogar. Un animal desconocido pasó velozmente, y uno de los guías nativos se adelantó sobre su caballo pinto, cazándolo por la pradera. La respiración agitada de Tomás se intensificó al presenciar la destreza con la que el nativo lanzó hábilmente una flecha en dirección al animal en fuga. Este cayó de repente, levantando una polvareda en la lejanía. Al alcanzar a la presa, Tomás contempló su primer antílope berrendo, destinado a convertirse en parte de su cena. Un grito de victoria resonó desde los labios del cazador nativo ute.

La agrupación liderada por Sebastián llegó a lo que ahora se conoce como La Junta, Colorado, junto al río Arkansas. Tomás asistió a su padre en la construcción de una casa de adobe para su madre, la cual pintaron de azul.

Fue una misión con adversidad. Dos años después de su llegada, el grupo de Cuerno Verde atacó y mató a la mayoría de los soldados españoles, excepto a Sebastián. Jesús, Tomás y los sacerdotes escaparon, pero la bella Consuelo, esposa de Jesús y madre de Tomás, murió en el ataque.

Una lágrima se deslizó con rapidez de los ojos de Tomás y levantó una pequeña polvareda en la tierra al recordar el ataque y la pérdida de su madre. El ataque se produjo rápidamente y justo cuando salía el sol. Se oyeron gritos, disparos y la figura de su padre que cubría el cuerpo de su madre en la puerta de su casa de adobe. Tomás tenía en su memoria el estar parado en la puerta. Recordaba también perseguir a su madre e intentar detenerla mientras buscaba a su marido. Al darse cuenta de que mataron a la persona más importante del grupo, y probablemente temiendo las represalias posteriores, la banda de delincuentes se marchó.

La noticia del ataque llegó hasta los soldados y su líder, Juan Bautista de Anza, quienes buscaban a Cuerno Verde. La misión de reconocimiento tuvo éxito, pero a costa de la madre de Tomás y de los soldados.

Tomás recordaba que otros nativos ute descendieron de las montañas y establecieron un campamento junto a ellos poco después del ataque. Esto complació a sus guías ute originales. En lugar de las habituales *wikiups* de los ute, los nativos instalaron tipis cerca de los miembros restantes del grupo y de los sacerdotes.

Jesús y Tomás se quedaron y se hicieron amigos de los nativos ute de la montaña. Tomás notaba en ese entonces que su padre veía con nostalgia a las mujeres ute cerca del campamento. La visión le traía recuerdos de buenos tiempos con Consuelo, su esposa y madre de su hijo.

Ahora eran de los primeros forasteros, españoles y mexicanos, en llegar al Territorio Nativo, en la región de Tomás, y fue aquí donde se hizo amigo de uno de los niños ute, Igasho, que significa errante. Tras la muerte de la madre de Tomás, los niños se convirtieron en compañeros de juegos inseparables. Empezaron a aprender el idioma y las costumbres el uno del otro, y juntos se enamoraron del monstruo de la pradera.

Capítulo Dos

Descubrir amigos en el polvo: El monstruo e Igasho

Los pensamientos de Tomás regresaron rápidamente del pasado al presente, a su tierra dura pero hermosa, y a las personas que amaba: su padre, Jesús, Sebastián, Igasho, las familias ute y los dos sacerdotes, el padre Marcos y el padre Martín.

La casa de adobe de Tomás ocupaba una porción del horizonte cerca del rastro del monstruo. La silueta del pequeño Tomás ocupaba otra pequeña franja del horizonte, donde el cielo se unía a la tierra.

Por un momento, un sapo cornudo correteó junto a la sandalia de Tomás. El niño no se movió. No se sorprendió. Los reptiles del semidesierto eran comunes en este entorno.

Los pensamientos de Tomás se centraban en visiones del monstruo en ese momento. Recordaba las enormes huellas de lagartija que él y su amigo nativo americano habían descubierto en el lecho seco del río, no muy lejos de sus hogares. Igasho, su amigo de piel morena y cabello oscuro tenía aproximadamente la misma edad que Tomás, alrededor de ocho otoños. Cada vez que se encontraban, intercambiaban el saludo ceremonial europeo: un apretón de manos que el abuelo de Tomás le había enseñado. Luego, en un gesto tomado de la cultura nativo-americana, levantaban un puño hacia la frente del amigo y ejercían una suave presión en esta. Este simbólico gesto representaba la comunión de espíritus que se originaban en la cabeza, donde convergen los sentidos de la vista, el oído, el olfato y el gusto.

Tomás e Igasho se hicieron amigos comunes del monstruo de la pradera, al que comparaban con sus homólogos vivos, las lagartijas cola de látigo y los sapos cornudos, habitantes de su tierra natal.

Notaron que decenas, si no cientos, de huellas del sapo cornudo y de la lagartija cola de látigo cabían dentro de la gigantesca huella dejada por el monstruo. Mientras aún aprendían el idioma de uno y otro, dibujaban imágenes del monstruo en el polvo rojizo, utilizando pequeños guijarros para representarse a sí mismos. Igasho imaginaba al monstruo de la pradera tan alto como las paredes del cañón que exploraban. Tomás también vislumbraba una enorme cabeza de lagartija con cuernos a lo largo de la espalda, como sus amigos los sapos cornudos.

Los niños fingían ser el monstruo, levantando sus manos en forma de garras para parecer que estaban a punto de abalanzarse sobre un bocado. Se preguntaban en voz alta si el monstruo caminaba sobre cuatro patas como sus amigas las lagartijas polvorientas o si sólo se desplazaba sobre dos patas gigantes y garras en las otras dos, como la mantis marrón del desierto, un insecto que les encantaba observar.

Se preguntaban qué podría comer una lagartija gigante con huellas tan enormes. En sus peores pensamientos, se imaginaban siendo devorados por el monstruo de un solo bocado, al recordar como los sapos cornudos tragaban hormigas enteras. Conjeturaban que el monstruo de la huella gigante se alimentaba de caballos, vacas, perros y cerdos, animales comunes en los campamentos de los nativos ute y entre los colonos españoles de Santa Fe.

Capítulo Tres

Cómo la imaginación de dos niños desató un monstruo

A Tomás, los sacerdotes y su padre le dijeron que era descendiente del primer grupo de hispanos coloniales que partieron de España y llegaron a las costas de Veracruz. Le contaron que muchos de esos españoles se unieron a mujeres aztecas o mayas, dando origen a una nueva raza: la mexicana o mestiza.

Jesús reiteraba a su hijo que su gente era parte de una raza laboriosa, cuyas manos estaban dedicadas a la construcción, la ganadería y la agricultura cada vez que se presentaba la oportunidad. Tomás observaba esos rasgos positivos en su padre y en muchas otras personas del pequeño asentamiento, quienes influyeron en él, y contribuyeron a fomentar su imaginación y fortalecer su conexión con la comunidad.

Aparte de su propia vivienda, Jesús construyó un pequeño recinto de adobe para los padres Marcos y Martín, quienes se esforzaban por preservar la fe católica y, posiblemente, transmitirla a algunos nativos ute interesados en escuchar.

Uno de los nativos ute que mostraba interés era el padre de Igasho, Inazin, o Alce Erguido. A través del padre Marcos, Sebastián también persuadió a Inazin para que se uniera a los ejércitos españoles contra Cuerno Verde. Inazin aceptó, consciente de que nadie, ni siquiera otras tribus, estaba a salvo de los ataques comanches. Además, valoraba la amistad entre su hijo y Tomás, así como la amabilidad del sacerdote. Recordaba que el padre de Tomás, Jesús, cultivaba maíz y otros tipos de alimentos a lo largo del río que serpenteaba desde las remotas montañas del oeste y compartía su cosecha con él y su familia. Tomás también recordaba estos lazos que fortalecían aún más su relación con Igasho.

Tomás, además, se deleitaba con las animadas historias que le contaba el padre Marcos sobre los colonos hispanohablantes que seguían a los caballeros o jinetes y a las unidades de soldados españoles. El padre Marcos explicaba que ese fue el modo en que surgieron los grandes ranchos, las casas y las pequeñas ciudades o pueblos de Nuevo México, Texas, Arizona, California y ahora Colorado. A veces, daba la impresión de que el padre Marcos deseaba que Tomás se interesara en la vocación sacerdotal. Hablaba con frecuencia y con cariño de los padres o misioneros franciscanos católicos que llegaban para construir iglesias, ministrar, bautizar y educar a los colonos, así como a los nativos americanos cuando era posible.

A Tomás le contaban que los sacerdotes misioneros se educaban en España y en la Ciudad de México. Aprendían los idiomas pintorescos de los nativos y dominaban el bello y fluido lenguaje español. Tomás observaba las bendiciones y la fortaleza familiar, y veía con positividad la amistad con los indígenas nativos. Pero lo más significativo para Tomás era que el padre Marcos y el padre Martín conocían los secretos de la ciencia, la geografía y las matemáticas, y los compartían con él y con Igasho.

Hasta el ataque de los comanches, Jesús, su mujer y los soldados españoles que allí se encontraban vivían en paz con los nativos ute, sioux y otras tribus de esa región. A veces, incluso intercambiaban pieles de búfalo por oro y plata de los españoles.

Además, Tomás e Igasho sentían que los sacerdotes eran quienes más cerca estaban de conocer el secreto del monstruo de la pradera que habían descubierto.

A Tomás le encantaba conversar en especial con el padre Marcos, el sacerdote de túnica marrón. Tomás admiraba las proezas de los caballeros y jinetes, así como las historias de broncos corcoveando y los relatos de las batidas de ganado que le contaba el padre Marcos. Le gustaban igualmente las apasionantes historias sobre la creación de la Tierra y los descubrimientos que se hacían sobre ella, sus criaturas y su geografía. A Tomás le fascinaban estos hechos, más extraños que la ficción, y el padre Marcos guardaba respuestas como si fueran monedas de oro españolas de un tesoro escondido. Tomás se sumergía con frecuencia en la riqueza de estas conversaciones.

—Lo que habéis descubierto en el antiguo lecho del río son las huellas de un monstruo que ahora vive en vuestra imaginación pero que una vez vagó por esta región en busca de bocados de comida tan grandes como vosotros o más — dijo el padre Marcos a Tomás.

Al instante, Tomás imaginó sentir los afilados dientes del monstruo alrededor de su pecho y la sangre brotando a borbotones. Cerró los ojos en un simulacro de muerte y cayó al suelo. Igasho cayó luego imitándolo y el padre Marcos se rio a carcajadas. Era como si el sacerdote franciscano español hubiera encarnado a la criatura en aquel instante frente a los dos niños, ya que sabía expresar el terror tanto en español como en el idioma nativo ute. El padre Marcos era para los niños una máquina del tiempo y un mago, todo en uno.

Los niños sintieron fascinación cuando el padre les dijo con toda certeza que los hombres de ciencia pronto descubrirían los restos de las gigantes lagartijas en los lechos de los ríos, en los llanos o en las praderas y acantilados. El padre Marcos razonó que, si estos eran tan evidentes aquí, debían existir en otros lugares. El deleite y la emoción se extendieron por sus rostros como la luz del sol en la mañana.

Una noche, después de explorar las huellas de las grandes lagartijas con el padre Marcos, los amigos encendieron una pequeña hoguera cerca de sus casas. Esto dio lugar a una animada conversación:

—Padre, ¿cómo se llamaba la gran lagartija cuyas huellas encontramos Igasho y yo en el lecho seco del río? —preguntó Tomás.

—Como Juan de Oñate y Juan de Ulibarri, que descubrieron esta tierra para España y les pusieron nombre a sus picos, vosotros dos habéis hecho un descubrimiento que aún no tiene nombre
—respondió el padre—. Debemos poner por escrito vuestros hallazgos y llevarlos a un lugar donde los hombres de ciencia puedan estudiarlos. Seguramente, su conocimiento se enriquecerá con vuestra revelación de estas antiguas criaturas.

Los niños se pusieron de pie en un brinco, como si una brasa caliente de la hoguera hubiera saltado hasta sus regazos.

—¿Y si les hablas del monstruo, Padre? ¿Vendrán a verlo y le pondrán nombre? —dijo Tomás.

—Solo entonces cobrará vida —añadió Igasho, al compartir la creencia de los nativos americanos de que dar nombre a algo le confería un espíritu y, por tanto, la inmortalidad entre todos los seres vivos.

Así como Tomás estaba cerca de su sacerdote católico, Igasho buscaba la sabiduría del chamán ute, el curandero, ya que también era sabio en la magia del Dios Creador, *Senawahv*. Los ute, al igual que otras tribus, daban vida artística a las criaturas pintándolas en sus tipis o pieles de alce.

Y no sólo nombrarlo, sino recrearlo darían a su monstruo un rostro y un cuerpo que ahora sólo podían imaginar. Los niños hablaban de un monstruo que caminaba sobre dos patas en lugar de cuatro, a juzgar por algunas de las huellas. Otras huellas sugerían cuatro patas, como las de sus veloces compañeras lagartijas a las que frecuentemente veían asoleándose en las paredes de los cañones, las rocas y los lechos de los ríos.

Los colores de las lagartijas que perseguían, y a veces atrapaban, eran tan variados como los de las rocas y las paredes de los cañones en su hogar en la pradera. Incluso había lagartijas de color turquesa, similar al de las joyas de la madre de Igasho.

Una vez vieron con asombro cómo una culebra cascabel de la pradera se tragaba una lagartija. Ahora se imaginaban a su monstruo comiéndose de un bocado a la víbora venenosa.

—¡Conquistador! —gritaba Tomás, refiriéndose al monstruo de la pradera con orgullo.

—¡*Baika*! ('matar') —exclamaba Igahso en el lenguaje de los ute, advirtiendo sobre lo que el monstruo haría a los intrusos.

El padre Marcos, que entendía los dos idiomas, no hacía más que reírse cuando los niños hablaban de las hazañas del terrible y tiránico reptil.

Cuando los niños se calmaron y quedaron en silencio, el padre Marcos reavivó el fuego de la emoción al decir:

—Registraremos vuestro descubrimiento en palabras y dibujos, y los llevaremos a Santa Fe para alertar a los hombres de ciencia sobre vuestro monstruo de la pradera.

Su visita concluyó con una carcajada franca, mientras los niños retornaban jubilosos a casa, anhelantes por las palabras del sacerdote que para ellos poseían el valor del oro español.

Capítulo Cuatro

El sacerdote, el plan y lo inesperado

El crepúsculo traía el frío y las estrellas brillaban como diamantes en el cielo sobre el paisaje oscuro de la pradera. Ni el ulular de los búhos ni el aullido de los coyotes distraían al padre Marcos mientras sus pensamientos se dirigían a los preparativos matutinos de la misa. Era un ritual en el que los católicos creían que las palabras pronunciadas sobre el pan y el vino se convertían en el cuerpo y la sangre de Cristo que se consumía solemnemente. Era su alegría llevarles este sacramento o bendición sagrada que les haría uno con el Creador.

En su habitación, la imagen de Cristo en una vidriera ligeramente descolorida resplandecía con un rojo brillante mientras la puesta del sol atravesaba las sombras de la luz menguante.

—Un buen final para este día —pensó el padre Marcos.

La vista desde la ventana de su habitación interrumpió su meditación de oración vespertina y sus pensamientos volvieron a sus dos pequeños amigos y a su monstruo de la pradera.

Una ligera sonrisa se dibujó en su rostro al recordar su propia niñez en su ciudad natal de Martínez, en Galicia, España. Él también había hecho descubrimientos cuando era un niño curioso que paseaba por las colinas de los alrededores de su hogar, en particular, en cuevas con extraños dibujos de bisontes y lanzas. Ahora, en su vida como sacerdote, otros pensamientos inquietaban su mente.

El padre Marcos se preguntaba si sería capaz de cumplir su promesa a los niños, Tomás e Igasho, antes de que esta extraña enfermedad lo consumiera. A los 25 años de su ordenación, un dolor ardiente empezó a hacer estragos en su vientre. En los dos últimos años, comenzó a sentir este dolor con mayor frecuencia y los viejos remedios no ofrecían alivio. Se estaba muriendo, y ¿quién se haría cargo de Cuervo, el fiel perro que compartía con Tomás? Su mano acarició el pelo negro del perro dormido junto a su cama en el lugar donde se arrodillaba para la oración diaria. Su perro respondió levantando la cabeza hacia su bondadoso amo. Su nombre en español era Cuervo. Era un buen nombre para un buen amigo.

Mañana, después de misa, acompañaría de nuevo a los niños hasta las huellas del monstruo, comprobaría su descubrimiento y lo documentaría para sus colegas sacerdotes y profesores de Santa Fe, que luego transmitirían la información a los científicos de Europa. Este pensamiento calmó su dolor de estómago revelando una sonrisa. Rezó por los niños, sus familias, la misión y su propia salud y se retiró hacia su habitación en el ala contigua a la sacristía donde el padre Martín y él vivían. El agradable pensamiento le adormeció.

Los primeros rayos del sol de la madrugada devoraron las estrellas que habían titilado cerca del horizonte dejando que el brillante lucero del alba reinara sobre la creciente luz del horizonte. El canto de los pájaros dio la bienvenida al día, sacudiendo a Igasho en su lecho de pieles de ciervo en un rincón del tipi familiar. Al instante, el susurro de las aguas del río cercano llegó a sus oídos y abrió los ojos para ver las sombras de su madre moviéndose dentro del tipi. Cerró los ojos, quizás con la intención de seguir soñando, pero un pensamiento sobre Tomás lo despertó.

Hoy, él, Tomás y el padre Marcos visitarían las huellas del monstruo en la roca. El reptil, al que los ute llaman *ciyipits* en lengua uto-azteca, era considerado un dios, un guardián de los campamentos ute. Su huella de tres dedos también estaba pintada en los tipis de los nativos ute. Y, gracias al padre Marcos, su presencia pronto se sentiría en todo el mundo, como los suaves vientos que atravesaban por las casas de adobe españolas y las viviendas de los indígenas nativos.

Igasho sabía que fueron Tomás y él quienes hicieron preguntas sobre el monstruo y que fue su pueblo, los nativos ute, el primero en consagrarlo en sus hogares. Y también sabía que sería el gentil sacerdote quien lo daría a conocer al mundo. Igasho se preguntaba si el monstruo llegaría a convertirse algún día en una leyenda que diera vida a la criatura que dejó las huellas.

Horas más tarde, los cuatro —el padre Marcos, Tomás, Igasho y Cuervo— caminaban y proyectaban sombras por el lecho rocoso del río bajo el sol de media mañana. Su movimiento parecía despertar el entorno: los reptiles se agitaban entre las rocas, el halcón de cola roja les hacía sombra y los insectos zumbaban en sus cabezas.

Todos habían saciado su apetito, el padre Marcos y Tomás con tortillas de maíz y frijoles, mientras Igasho disfrutaba de maíz y carne seca. Únicamente, la barriga de Marcos pedía a gritos consuelo del dolor interior.

Cuando alcanzaron la mayor de las huellas en el lecho del río, una lagartija cola de látigo con cola azul corrió casualmente hacia la huella. Un escalofrío invadió al sacerdote. Los rostros de los niños brillaban de emoción; sus sonrisas de orgullo iban de oreja a oreja cuando Tomás exclamó emocionado:

—¡Mira Padre, las huellas de la lagartija gigante!

—Esta es la huella de la criatura desaparecida que ha dado nueva vida a estos niños —pensó Marcos. También daría a la ciencia una oleada de energía. Sonrió, primero a la huella y luego a los niños.

En ese momento, el dolor de estómago le sobrecogió. El sacerdote cayó al suelo y su cabeza golpeó la roca sólida que formaba la huella del monstruo. Un poco de sangre manchó la roca cerca de la huella. La caída le abrió un pequeño corte en la sien izquierda.

Cuervo se acercó inmediatamente a la cara del padre Marcos y se la lamió como si eso le proporcionara curación. El resplandor de alegría de los niños se convirtió en horror al ver a su amigo en el suelo. También ellos corrieron a su lado.

—¡Padre, ¿qué pasa?! —gritó Tomás.

Igasho también dejo escapar de sus labios una exclamación de sorpresa en la lengua nativa de los ute. Marcos recuperó parcialmente el sentido justo cuando un pequeño chorro de sangre le llegaba a la comisura del labio. Parpadeó.

—Estoy bien —afirmó el padre Marcos—. Tal vez fue el sol —añadió, culpando al calor repentino por su colapso.

— Pero estás sangrando —le recordó Tomás a Marcos, cuya mano izquierda embadurnó la sien de sangre al buscar pruebas de su herida.

Al mismo tiempo, Igasho miró la mancha de sangre en la huella del monstruo. Su educación como nativo americano ute siempre incluía a los chamanes, que podían predecir o pronosticar acontecimientos futuros especialmente relacionados con sus dioses. *Ciyipits*, el monstruo de la pradera era un dios que protegía su campamento. ¿Podría esta mancha de sangre significar algo, bueno o malo? Igasho se preguntó si debía mencionar el incidente a sus padres, que se lo contarían al chamán.

El corte en la sien del padre Marcos dejó de sangrar. El dolor en su estómago, aunque disminuía, era más fuerte que nunca, pero sus ojos y su corazón estaban de nuevo con los niños, cuya embelesada atención al monstruo fue momentáneamente hurtada por su enfermedad.

Miró a los niños con expresión de disculpa y se obligó a volver a centrarse en su monstruo.

—¡Ayayay! —exclamó el padre Marcos de repente, sobresaltando a los niños—. ¡Me ha mordido! —gritó el sacerdote, fingiendo juguetonamente que había sido atacado por el monstruo.

Y funcionó.

Los tres estallaron en sonoras carcajadas que borraron al instante sus caras serias. Cuervo movió su cola en aprobación. Todos se alegraron de nuevo y ahora el sacerdote tenía una prueba de la vida del monstruo en la soleada pradera del este de Colorado.

El padre Marcos reflexionó que mientras eones de tiempo habían preservado la presencia del monstruo de la pradera, la historia humana se desarrollaba rápidamente a su alrededor: la de su vida, la de los niños, las de Inazin y Sebastián y la amenaza invisible de los comanches.

Intuyó que algunos acontecimientos iban a obligarles a abandonar la casa de adobe azul, a los amigos ute y a regresar a Santa Fe.

Capítulo Cinco

Un monstruo y una misión: La ciencia y las guerras indígenas

Mientras los niños y el padre Marcos estaban ocupados buscando las pruebas del monstruo, Sebastián reflexionaba sobre las potenciales represalias de los españoles tras el ataque comanche a su pequeño asentamiento y a los asentamientos españoles situados más al sur. Sabía que llegarían refuerzos militares españoles. También era consciente de que tribus como los ute de las montañas y los apaches se habían enterado del ataque y se unirían a los españoles contra Cuerno Verde.

Mientras tanto, el padre Marcos tomaba medidas de la huella del monstruo en el lecho seco del río. Estas incluían la anchura del pie de la bestia, la longitud de sus dedos y la profundidad de la huella. Recogió muestras de la roca de la zona y tallos y hojas de plantas para comparar la geología y la fauna de la época del viejo reptil.

—¿Qué tan grande es el monstruo? —preguntó Tomás en tono serio.

Para los niños el monstruo estaba tan vivo como la lagartija cola de látigo o el sapo cornudo, pero de forma fantasmagórica revoloteando entre los matorrales de la pradera en busca de niños para comer. El padre Marcos dudó sobre su tamaño. Pensó que la pregunta debió formularse en tiempo pasado y levantó ligeramente la ceja derecha.

—Tal vez 40 pies —contestó el sacerdote.

El sacerdote enseguida se dio cuenta de que el número no significaba nada para los niños y recordó la vez que los pequeños le ayudaron a encontrar unos caballos para su padre.

—¿Recordáis el cañón donde una vez encontramos los caballos? —preguntó el padre—. Vuestra criatura debía de medir la mitad de esa altura y andar en dos patas.

—¡La mitad del cañón! —pensaron los niños. Se quedaron con la boca abierta. Su monstruo era realmente un monstruo.

El trío se dirigió a la casa azul de Tomás, en la pradera cercana al río. Percibieron el aroma de las tortillas recién hechas y los chiles asados. El padre de Tomás, Jesús, logró cultivar un poco de chile cerca del río junto con algo de maíz.

Jesús caminaba desde los campos para llegar a la cena a primera hora de la tarde. En un pensamiento fugaz, dio gracias a Dios por la costumbre española y mexicana de evitar ingerir comidas pesadas cerca de la hora de acostarse. También sabía que la comida causaba sueño y agradecía poder tomar siestas. Se alegraba de que esta tradición cruzara el Atlántico y se convirtiera en un hábito en la casa de los Cortez.

—Delicioso —le dijo el padre Marcos a Jesús, quien preparó la comida y la compartió con su hijo y el resto, incluido el padre Martín que se unió a ellos.

Hablaron de las huellas y el padre Marcos mencionó su intención de dar crédito a los niños por el inusual hallazgo de la huella del monstruo con aquellos que estudian tales cosas en ciudades lejanas.

—A los científicos de monstruos los llaman paleontólogos —dijo el padre Marcos.

Jesús no participó en la conversación sobre las huellas. Pensó que el padre Marcos estaba preocupándose de asuntos de la mente. En cambio, él pensaba en su construcción y sembríos y sobre cuánto le gustaba explorar esta hermosa y nueva tierra. Una parte de él también había muerto junto con su joven y bella esposa, Consuelo. Rememoraba que ella había sido su consuelo, su paz tras dejar México y encontrar trabajo en la construcción en Santa Fe.

En cambio, Sebastián, que era español, empezó a recordar su llegada al nuevo mundo. Había llegado de joven primero a Veracruz y luego a Santa Fe. Su padre, un colono, era ranchero. Recordaba con cariño cómo al principio ayudaba a su padre a arrear ganado vacuno y ovino en su rancho y hacienda, justo al norte de Santa Fe, en lo que más tarde se conocería como Española, que fue parte de una concesión de tierras de España. Recordaba a esta como una época en la que los españoles dominaban la región.

Por el momento, el mundo cerca al río Arkansas estaba en paz, salvo por los alborotados pensamientos que agitaban la mente de Tomás e Igasho sobre mantener viva la imagen del monstruo de la pradera. Para Igasho, *ciyipits* estaba tan vivo como el mosquito que aplastaba contra su brazo. Para él era un dios tan real como el Creador de Tomás, invisible pero presente. En cambio, en la percepción de Tomás, el monstruo se hallaba aprisionado en la roca y anhelaba su libertad para ser visto y conocido por todo el mundo, el mismo mundo que empezaba a explorar gracias al padre Marcos.

A Jesús le preocupaba más su cosecha de chile y maíz que logró cultivar en grandes parcelas cerca del río. Había aprendido métodos de irrigación de los aztecas, así como de las personas mayores en Santa Fe. Su cosecha parecía saludable y deseaba mantenerla así antes de que las langostas, o saltamontes gigantes, vinieran y devoraran gran parte de ella. Él también pensaba que desearía tener un monstruo viviente que comiera saltamontes y que llegara a tiempo para mantener viva su cosecha.

—¡Ahí nos vemos, Padre! —exclamó Jesús a Marcos y Martín cuando salieron de la casa.

Jesús se retiró hacia los oscuros aposentos de su dormitorio para dormir su siesta diaria. Más tarde volvería a su cultivo y trabajaría hasta que ya no pudiera ver más a la luz menguante del día. Tomás se quedó para ayudar a su padre. Igasho regresó al campamento ute y el padre Marcos escribió a mano en un papel las notas sobre la criatura mientras caminaba de vuelta a su dormitorio. Luego las volvería a escribir con la pluma que le regalaron sus padres al terminar el seminario sacerdotal. Incluiría un dibujo de la huella del monstruo y pondría las medidas.

Una unidad de soldados españoles con armas y completa preparación para la batalla finalmente llegó, como Sebastián esperaba. Traían noticias sobre la cercana presencia de Cuerno Verde y su banda. Los padres Martín y Marcos hicieron rápidamente los preparativos para su regreso a Santa Fe mientras Sebastián hacía los preparativos para la batalla. Como médico, Sebastián preparó sus provisiones para atender a los heridos. Como soldado, preparó pólvora y las balas de hierro para su revólver y mosquete. Los sacerdotes también se prepararon para administrar la extremaunción a los moribundos. Inazin, su esposa, Dyani (que significa ciervo) e Igasho se unieron a ellos.

Entretanto, el padre Martín se ocupó de alistarse para dejar la casa de adobe y unirse al ejército español en su búsqueda de Cuerno Verde.

Se decidió que los niños, Dyani y los sacerdotes se quedarían en un lugar predeterminado mientras los soldados se unían al líder de los soldados españoles, el jefe Juan Bautista de Anza, en su búsqueda de Cuerno Verde.

Fuertes corceles andaluces eran el medio de transporte para todos, excepto para Sebastián y Jesús, quienes montarían mustangos más rápidos. Los caballos más fuertes y robustos llevaban cargamentos de provisiones. Los sacerdotes y la única mujer del grupo montaban los caballos más grandes y lentos.

El sacerdote tenía un caballo para hacer sus rondas espirituales al campamento ute, pero este se había roto una pata en un agujero de topos la primavera pasada y tuvo que sacrificarse. Jesús le prestó un buen caballo ya que después de la incursión comanche solo quedaron el suyo y el de Sebastián. Los comanches se llevaron algunos de los caballos de los soldados españoles y otros murieron en el ataque.

Jesús, por supuesto, empacó algo de chile y maíz para el viaje También contaba con que habría suficiente caza silvestre en el camino.

Sin embargo, lo que hacía que el viaje fuera excepcional era el paquete que el padre Marcos llevaba a Santa Fe. Contenía las esperanzas y los sueños de dos niños decididos a liberar al monstruo de la pradera hacia el mundo.

El padre Marcos se preguntaba si los científicos contactados a través de sus amigos de Santa Fe encontrarían los dibujos y los datos lo suficientemente interesantes como para venir a la tierra del monstruo e investigar. No sabía si *ciyipits* recibiría otro nombre, si este se volvería famoso entre los reptiles o, aún mejor, si se convertiría en una leyenda con su propia historia.

Capítulo Seis

Comienza la aventura para Tomás, Igasho y la expedición

Sebastián decidió que dirigiría al grupo de viajeros el lunes por la mañana muy temprano y que, con suerte, viajaría al menos dos días antes de reunirse con Anza y sus tropas. El padre Marcos colocó cuidadosamente las notas y los dibujos en una bolsa de piel de animal con una correa atada al cuerno de la silla de montar. Pensó que en Santa Fe podría al menos evaluar lo aprendido y luego llevarlo a un puerto de México y después a España. En Europa habrá alguien que pueda estudiar e interpretar los hallazgos de los niños.

En lugar del lunes soleado de Colorado, los viajeros se despertaron con un amanecer nublado. No había sol, sino un banco de nubes que cubría el cielo. Comparado con el domingo, el día se sentía lúgubre e incluso insinuaba lluvia. Conocían el terreno lo suficiente como para anticipar posibles desprendimientos en los senderos debido a las fuertes lluvias que podrían haber ocurrido antes de su llegada.

Jesús, Sebastián e Inazin llegaron temprano para preparar los caballos de la mujer y los niños. El único rayo de sol eran las brillantes sonrisas llenas de esperanza de Tomás e Igasho que miraban hacia arriba mientras se despedían de sus queridos hogares. Igasho estaba ahí para rezar una oración a todos los espíritus a los que tenían gran apego en el campamento. El entusiasmo juvenil de Igasho y Tomás daban vigor adicional al grupo de viajeros.

—La senda era buena —se dijo Sebastián, pero el camino estaba surcado de arroyos que eran zanjas naturales excavadas por la lluvia. Pensaba que los septiembres eran suaves, pero la lluvia no era inusual en esta época del año y los aguaceros en la pradera abierta te paraban en seco. El lodo no frenaba necesariamente a los caballos, pero las serpientes de cascabel reinaban en las praderas abiertas y, junto con los truenos y los relámpagos, podían asustar a un caballo en un instante. Conocía bien a los caballos, pero incluso un animal bien adiestrado podía asustarse y huir despavorido.

Aparte de las sorpresas de la naturaleza, Sebastián y Jesús sabían que había rapiñas (humanas) que vagaban por la pradera buscando atacar a viajeros solitarios. Afortunadamente, eran escasos, sobre todo en zonas pobladas como Santa Fe. Ahí sólo había serpientes de cascabel, tejones y nativos hostiles a los que temer. Los sacerdotes nunca llevaban armas ni mataban nada que no fuera un mosquito. Su gran fe, su Dios y sus ángeles eran su única escolta, aparte de Sebastián, Inazin y los soldados. Los sacerdotes dependían mucho de ellos.

Partieron con la voluntad impertérrita de llevar a cabo su misión. Los sacerdotes se alegraron de que los soldados los acompañaran en este viaje. Rezaron pidiendo guía y sabiduría y esperaban que los cielos grises no se abrieran a fuertes lluvias o, peor aún, al viento. Sebastián y los soldados rezaron para reunirse pronto con el grupo principal de la compañía de Anza. Pero hacia la mitad del día les llegó la lluvia y el viento. Se empaparon de lluvia y el viento les azotó sobre sus caballos que seguían caminando. A ratos, sentían como si el viento fuera a derribarlos de sus caballos. Los truenos sacudían ocasionalmente la cúpula de nubes y la visibilidad era a veces nula.

A Sebastián le pareció que la lluvia y el viento no terminarían nunca, pero lo que parecía eterno se redujo a unos 15 minutos y, cuando de repente la lluvia paró tan pronto como empezó, se encontraron encorvados en la silla de montar como ancianos y empapados hasta la piel. Se relajaron y notaron que estaban tiritando. Sebastián recordó que la lluvia previa al otoño era más fría que las cálidas lluvias de verano. Esto le recordó a una región similar de España, Extremadura, una zona de frío y calor extremos. Se detuvieron para cambiarse a ropa seca. Los hombres simplemente se quitaron las camisas y las colocaron en la grupa de los caballos para dejar que el sol las secara. En ese instante, el padre Marcos recordó a su madre y su crianza en España, ella se desvivía por él, su único hijo. Volviendo al presente, si el padre no se cambiaba rápidamente, corría el riesgo de desarrollar un resfrío y fiebre, dos cosas que él temía. Los nativos americanos se vestían con pieles de animales que les protegían bien y estas lluvias siempre eran bienvenidas.

El padre Marcos sentía que su estado era cada vez peor. El padre Martín se preocupaba cada vez más y le preguntaba con frecuencia si necesitaba más descanso, pero en ese momento los soldados a caballo habían acelerado el paso.

Debido a su estado debilitado, el padre Marcos sentía que la cabalgata a caballo, que normalmente era corta y sin problemas, esta vez podría dejarlo parcialmente incapacitado debido al ardor de estómago. Consideró en su interior que, si llegase a fallecer, le gustaría ser enterrado donde comenzó su travesía, en Santa Fe, *su* tierra santa.

Primero la camisa, luego los pantalones. El padre Marcos se quitó los zapatos y los calcetines empapados por la lluvia (los calcetines eran un lujo en esta región fronteriza) y siguió adelante con los pies descalzos. Apoyó los zapatos en la mochila para que el sol pudiera secarlos.

De repente, oyeron lo que más temían de estas tormentas: el sonido del agua al avanzar, que significaba un arroyo desbordado. Los caballos se detuvieron al percibir el peligro. Permanecieron en los caballos y subieron una pequeña elevación. Lo que vieron fue un torrente embravecido que arrastraba artemisa y un pequeño árbol por la corriente.

Sabían que tenían que esperar a que pasara el agua para poder cruzar. Incluso entonces debían guiar a los caballos por el lodo para no agobiarlos más y arriesgarse a la lesión de una pata o, peor aún, una rotura. El desastre natural les retrasaría un par de horas, por lo menos. Se quedaron allí observando, mientras el agua pasaba a toda velocidad, buscando cualquier apaciguamiento en la corriente que se dirigía hacia el Arkansas.

Finalmente, el torrente amainó, pero al hacerlo el contenido del agua empezó a botar su carga y las serpientes atrapadas en la riada se deslizaron hacia el exterior. Los pies descalzos del padre Marcos se elevaron en la silla de montar mientras cruzaban el sendero frente a ellos. Los hombres esperaban que las serpientes que salían no asustaran a los caballos. El padre Marcos y los niños habían visto antes enormes serpientes cascabeles enroscadas bajo escarpadas de roca. Recordaban que un niño del campamento ute había muerto por el veneno de la víbora. Sabían que no debían quedarse por allí. Después de cruzar el arroyo que ya había disminuido su caudal, los caballos aceleraron el paso.

Sebastián sabía que, para el padre Marcos y los niños, el viento y la lluvia eran la principal amenaza contra su preciada carga que consistía solo de un papel doblado con escritos, números y dibujos. A pesar de todo esta logró salvarse.

La lluvia había borrado el rastro del previo camino polvoriento, pero los soldados mantuvieron sabiamente el rumbo que habían seguido años atrás, cuando Tomás era sólo un chiquillo de cinco años.

Sebastián notó que el sol ya había pasado su punto culminante en el cielo, indicando que en pocas horas oscurecería. Sus ojos escudriñaron las praderas a ambos lados en busca de un lugar donde pudieran descansar tanto los caballos como ellos durante la primera de dos noches. Necesitarían un árbol para atar bien a los caballos fuera del camino, pero no demasiado lejos. Su plan era desempacar a los caballos, buscar leña para encender una hoguera, explorar lugares donde descansar y designar centinelas para vigilar cualquier presencia de nativos hostiles. Jesús envolvió maíz en cuero para los padres Marcos y Martín. Estas serían sus almohadas. Las monturas de los viajeros servirían como accesorios de sus camas. Jesús trajo para todos unos tacos de carne seca para esa primera noche.

A pesar del clamor nocturno de búhos, coyotes y grillos que ululaban, aullaban y chirriaban, el brillo resplandeciente de las estrellas junto con la oración meditativa de los sacerdotes y una brisa fresca arrullaron rápidamente a los viajeros hasta que se durmieron, excepto los que harían la primera guardia y serían relevados más tarde por Sebastián y Jesús.

El crujido de las ramas de un árbol despertó al padre Marcos en la negrura de la noche. El sacerdote se esforzó por adaptar sus ojos a la oscuridad para ver al intruso. Un gran contorno sombrío interrumpió la visión de un grupo de estrellas para revelar la cornamenta de un alce que, al parecer, había bajado de las montañas. La criatura se percató rápidamente de la presencia humana, se quedó inmóvil durante un segundo y salió huyendo. El padre Marcos, aturdido más que nada por el tamaño del alce, se calmó rápidamente y volvió a acostarse. Había escuchado historias de personas atacadas por alces que habían resultado gravemente heridas.

Se le cerraron los ojos y volvió a dormirse. Un atisbo de luz le despertó y todos se levantaron para empezar el día siguiente. Parecía un buen día. Agradeció a Dios por ello y dio un firme tirón a las riendas para que su caballo responda.

Las llanuras desoladas parecían extenderse por millas. Los jinetes tenían los ojos un poco adoloridos por el polvo que levantaban los caballos al andar sobre la tierra tostada por el sol y enturbiada por la riada que había quedado millas atrás. Sebastián, un explorador y soldado entrenado, conocía esta tierra que había sido rastreada a fondo por anteriores exploradores españoles que aparentemente les dieron la bienvenida como familiares y les cubrieron en el mismo polvo que ellos habían levantado en sus viajes. Los puntos de referencia naturales con nombres que los españoles dejaban atrás como centinelas y recordatorios de su presencia reconfortaban el corazón de los exploradores. *Purgatorio*, un brazo del río crecido que seguían, invocaba su esperanza en el cielo, ya que era el lugar al que se iba brevemente después de la muerte, un lugar para la limpieza espiritual. Un imponente pico nevado, muy conocido por los nativos, era fácilmente visible para los viajeros. Sebastián recordó que los españoles lo llamaban El Capitán.

En 1779, esta tierra era la Nueva España. Para Jesús y los españoles, representaba simplemente una tierra llena de oportunidades para construir más casas de adobe, establecer nuevos ranchos, cultivar más alimentos y abrir más minas, tal como habían hecho en California.

El mismo sol se ponía en la querida España de Sebastián, para él y los sacerdotes, todo era uno. Este pensamiento reconfortaba el corazón misionero del sacerdote y alegraba a los soldados, hombres en una misión de descubrimiento y conquista.

Mientras tanto, Inazin y otros nativos americanos notaban cómo los intrusos, en ocasiones amables y otras veces crueles, empezaban a superarlos en número. De todas maneras, Inazin y su familia albergaban la esperanza de que la violencia que azotaba la región llegaría a su fin con la captura o la muerte de Cuerno Verde. Inazin pensaba que él podía ayudar a conseguir esta paz.

A mitad del segundo día de viaje, mientras el grupo ascendía por el camino, avistaron a lo lejos a un solitario jinete galopando hacia ellos. A medida que se acercaba, distinguieron que era un soldado, visiblemente fatigado pero emocionado.

—¡Anza está cerca y hemos visto a Cuerno Verde! —anunció, indicando así el fin de la misión y el comienzo de la persecución.

Capítulo Siete

Una doble victoria para España y el monstruo

Rápidamente, Sebastián, Inazin y Jesús siguieron al mensajero ahora con un gran sentido de urgencia por la batalla que se avecinaba. Otro soldado español llegó y se quedó con los sacerdotes, los niños y Dyani. Se esperaba que Sebastián luchara y que después de la batalla fuera a atender a los heridos. Los sacerdotes serían entonces llamados a la labor de administrar la extremaunción y dar ánimos a los malheridos. El soldado español les condujo a un área con árboles para descansar y esperar el mensaje de que la batalla había terminado. Los padres Marcos y Martín desmontaron de sus caballos y comenzaron a rezar a la Virgen de Guadalupe por la victoria de los soldados. Pensaban que de lo contrario se convertirían en las próximas víctimas de Cuerno Verde.

Más tarde, escucharon a lo lejos disparos, gritos de hombres, relinchos de caballos y el golpeteo de sus cascos. A no más de una milla de distancia, en un campo cercano al pie de una montaña, se produjo una batalla entre Anza y los hombres de Cuerno Verde. Mucho después todo quedó en silencio. Sebastián, Inazin y Jesús regresaron haciendo señas para que los sacerdotes fueran rápidamente al campo de batalla a asistir a los heridos y moribundos. Montaron sus caballos y partieron con Inazin y Sebastián como guías.

Cuando Sebastián y los dos sacerdotes llegaron al campo de batalla, se encontraron con al menos una docena o más de cadáveres esparcidos por el terreno. En la periferia del campo, divisaron a Anza. Como soldado, Sebastián lucho en la batalla y ahora, como cirujano, espoleó a su caballo al galope, para ofrecer a Anza sus conocimientos médicos y asistir a los heridos. Anza se alegró de volver a ver al militar cirujano y a los sacerdotes.

Sebastián le contó a Anza sobre los dos sacerdotes y su travesía a Santa Fe, la capital de Nuevo México en la Nueva España. Anza asintió y llamó a un teniente a su lado. El teniente le aseguró a Sebastián que redactaría un mensaje siguiendo las instrucciones de su superior, ofreciendo la ayuda de sus hombres a su grupo para lo que necesitaran al llegar a Santa Fe. Tras haber derrotado a Cuerno Verde a instancias del virrey de España, Sebastián sabía que Anza estaba ahora en una posición de poder en Santa Fe, capital del norte del Nuevo Mundo. La oportuna intervención de Sebastián para asistir a Anza en la batalla y atender a sus heridos resultaría ser una bendición para los sacerdotes, quienes ahora contaban con una escolta española oficial en su camino hacia Santa Fe proporcionada por Sebastián. Además, una carta firmada desde la oficina de Anza atraería rápidamente la atención hacia su misión.

Pidieron a Sebastián guardar silencio acerca de la victoria sobre Cuerno Verde. En Santa Fe, Anza se encargaría de esos detalles y de cumplir con el requerimiento de enviar el tocado de Cuerno Verde al virrey español como prueba de la victoria.

tocado de Cuerno Verde al virrey español como prueba de la victoria.

Capítulo Ocho

La muerte acecha a los viajeros

El terreno a lo largo del camino desde la tierra de los monstruos hasta Santa Fe por el *Sendero de Santa Fe*, una ruta establecida por los nativos americanos como ruta comercial y utilizada por los españoles por las mismas razones, no era ciertamente desolado. El grupo de viajeros sabía de la disponibilidad de caza, agua y vegetación comestible que bordeaba las estribaciones de las montañas que actuaban como altos centinelas para los que cruzaban. Excepto por un empinado paso de montaña donde los delincuentes podían asaltar, despojar y hasta matar a los viajeros, el resto de la travesía transcurría mayormente entre colinas onduladas, arroyos y algunos cruces de ríos.

Después de atender a los heridos y moribundos, la mente del padre Marcos se centró en el camino que tenían por delante. No dejaba de preguntarse si sobreviviría al viaje. Se sentía más delgado, decaído, pero aún era capaz de comunicarse.

—Debéis guardar la bolsa con mis escritos y dibujos en un lugar seguro y seco. Si muero, os ruego que transmitáis mis hallazgos a los eruditos de Santa Fe en nombre de los niños —dijo el padre Marcos al padre Martín y a Sebastián mientras se preparaban para volver con el resto del grupo.

Los pensamientos del padre Marcos oscilaban entre su salud, el camino que tenía por delante y su fiel perro Cuervo. Santa Fe era la capital de las colonias españolas situadas al norte de Ciudad de México. En 1624 se estableció una universidad en Mérida, en la península de Yucatán, a unas 813 millas de Ciudad de México y a la misma distancia de Veracruz. Pensó que desde allí zarpaban barcos hacia y desde España, cuyas redes con expertos universitarios en el resto de Europa podrían ayudar a interpretar los extraños hallazgos de los niños.

Recordó su papel como sacerdote en el viejo mundo europeo y en el nuevo mundo. Los sacerdotes católicos, los monjes y más tarde las monjas documentaban la historia, escribían libros y enseñaban lo que sabían a una población cada vez más inculta, empezando por los ricos y más tarde todos los demás. Se dio cuenta de que era muy afortunado que los niños compartieran su «monstruo» con él. Al igual que los niños, reconoció la similitud entre la huella del monstruo y la de las lagartijas con las que los pequeños jugaban. En ese mismo parque juvenil, Cuervo corría y exploraba, a veces encontrándose cara a cara con zorrillos, lagartijas siseantes y serpientes alteradas. El padre Marcos pensaba que este era el paraíso para su perro.

Estos pensamientos y la visión de los dos niños alegraron su semblante mientras él, Sebastián, el padre Martín e Inazin se dirigían al encuentro de Dyani, Jesús, y los niños.

Sebastián les informó sobre el apoyo de Anza a la misión en favor de los pequeños. Sebastián, siendo un oficial español, decidió perseverar en la misión que el padre Marcos, el padre Martín y los niños iniciaron en la casa de adobe azul.

—Padre Marcos, partiremos inmediatamente y acamparemos más adelante en el sendero —dijo Sebastián en un tono sugerente, como muestra de respeto al sacerdote, quien aceptó inmediatamente.

Revisaron al padre Marcos, cuya respiración era débil pero constante. Apenas mantenía los ojos abiertos, pero estaba asimilando todo. Ya en sus caballos, el grupo partió hacia el sur desde el borde del campo de batalla. El compañero canino del sacerdote, Cuervo, se mantenía cerca de su caballo y ocasionalmente detenía su paso para olfatear los aromas maravillosos a lo largo del sendero.

Un día después de desviarse del sendero hacia el campo de batalla, alrededor del mediodía, Sebastián y su grupo se detuvieron para recoger piñones debajo de un árbol de pino. Era la estación perfecta para que los conos de los piñones maduros estallasen, liberando sus semillas marrones. Tanto los nativos como los españoles disfrutaban de los sabrosos trozos pequeños de golosina escondidos dentro de las cáscaras de las semillas. Después de comer las semillas, algo de carne seca y beber agua de un arroyo cercano, continuaron su viaje.

Día tras día, el padre Marcos se sentía cada vez más débil y el dolor era mayor, aunque solo se quejaba con leves gemidos y suspiros. Su hermano de sacerdocio, Martín, se detenía de vez en cuando para secarle la frente con un paño mojado en agua. También le ayudaba a comer con lo que tuvieran disponible. Juntos rezaban por su salud y el éxito del viaje. El padre Martín conocía las propiedades curativas de plantas silvestres como la ruda y las raíces de plantas como la osha, las cuales preparaba como té para el sacerdote enfermo. Mientras tanto, Sebastián, Jesús e Inazin cuidaban de los caballos. Junto a Dyani y los niños, Cuervo ayudaba a cazar aves: palomas, gallinas de las praderas y, si tenían suerte, algún pavo de paso. Solo las suaves brisas de un tiempo espléndidamente cálido anunciaban la llegada del veranillo de otoño, de notable belleza, en las estribaciones del Colorado.

Las sombras de las montañas cercanas se alargaban, indicándoles que la oscuridad estaba a punto de llegar. Divisaron una arboleda donde acamparían para pasar la noche.

El brillante rayo de Venus de la madrugada dio la bienvenida al sol, que se resistía a asomar por debajo del horizonte. Las sombras que anteceden al amanecer permanecían en el bosquecillo de álamos donde el padre Martín descansaba junto a su enfermo hermano en Cristo, el padre Marcos, a quien le dolía la espalda al levantarse de su lecho bajo los árboles. Sus ojos cansados buscaron a Sebastián, el soldado y médico que los acompañaría a Santa Fe y los cuidaría durante el camino. Cuervo se acostó a su lado y le proporcionó su calor corporal animal.

A solo unas pocas millas al este del sendero había praderas entrecruzadas con profundos cañones y arroyos tallados por siglos de lluvias de verano que abrían escondites para la vida silvestre y los hombres que sobrevivían en ellos.

En una de esas mesetas sobre los cañones, Inazin recordó un lugar conocido como la *mesa de las víboras*, donde vivían cientos de serpientes de cascabel. Sabía que algunos nativos americanos las utilizaban en ceremonias, para vestimenta o incluso como alimento. Los europeos sólo las conocían como alimañas, plagas peligrosas que había que acorralar y matar.

Sin embargo, estos reptiles escurridizos, primos lejanos del monstruo de la pradera, permanecían relativamente intactos y crecían hasta alcanzar una longitud y una circunferencia enormes. Una de estas mortíferas criaturas se cruzó en el camino de los hombres que se dirigían a Santa Fe. Tardó casi un minuto en cruzar el sendero. Los viajeros se mostraron cautelosos, pero no asombrados. Cuervo ladró hasta que desapareció. El perro intuía su maldad. Era un hecho de vida o muerte, ya que no había remedio inmediato para la mordedura de la víbora, salvo succionar el veneno con la boca.

Sebastián e Inazin sabían dónde era más seguro acampar a lo largo del camino y permanecían atentos al relincho de alarma de sus caballos. Un ataque de serpiente a sus corceles significaría la muerte segura e invitaría a más peligros a los viajeros a pie. El caballo era el único medio de transporte.

Tras dos días de viaje, a un promedio de 20 millas diarias a caballo, el grupo llegó a lo que mucho más tarde se convertiría en una pequeña colonia conocida por los españoles como Las Palomas. En lugar de buscar alojamiento, el grupo encontró un arroyo cerca de unos árboles y ahí pasó la noche. Las únicas otras criaturas peligrosas para los viajeros, aparte de los impredecibles tejones y osos, eran los pumas. Estos podían ser felinos feroces si se sentían acorralados, pero preferían la soledad para criar a sus cachorros durante los meses de invierno. Ninguno de ellos se dejaba ver. Lo que si podían divisar eran los espectaculares picos gemelos de las montañas *Huajatollas*, fácilmente visibles desde su campamento.

—Tardaremos otros 20 días en llegar a Santa Fe, quizá más a nuestro ritmo y con nuestro pasajero enfermo —dijo Sebastián al padre Martín—. Necesitará descansar aquí al menos un día si queremos que llegue a Santa Fe.

Por primera vez en días oyeron la voz del padre Marcos y se dieron cuenta de que les estaba escuchando.

—Llegaré —dijo el padre Marcos con cierta vacilación—. ¿Dónde está mi bolsa de cuero con mis dibujos y escritos? —preguntó.

El padre Martín respondió:

—La hemos trasladado a un lugar más seguro conmigo en la alforja.

El padre Marcos se relajó. También sabía que, si él moría, Tomás e Igasho se harían cargo de Cuervo.

Los sacerdotes y Sebastián salieron temprano, pararon a tomar agua a mediodía y llegaron hasta otra arboleda que mucho más tarde se convertiría en una pequeña colonia española llamada Aguilar o guarida de las águilas.

Lo que el padre Marcos se guardaba para sí era que el dolor de estómago se estaba agudizando. Empezó a aparecer sangre en su saliva y en sus heces y sabía que dentro de poco le sería imposible ocultar sus síntomas. A pesar de todos los esfuerzos por mantenerlo descansado y medicado, la enfermedad se estaba apoderando de él. Con una salida temprana, pasaron la mayor parte del mismo día avanzando hacia el sur por el sendero. El padre Marcos juró a Dios y a sí mismo que les haría sentir que sus esfuerzos estaban dando resultado. No revelaría este secreto a sus amigos. Entonces ocurrió lo inesperado. Un paso de montaña empinado y unos comanches renegados casi acaban con ellos.

Estaban a punto de iniciar el descenso desde la montaña al atardecer, liderados por Sebastián, cuando los viajeros oyeron un grito desgarrador y el sonido de una flecha que pasó por encima de su cabeza y rebotó en una roca cercana. Inazin reaccionó inmediatamente ante el ataque, colocó su caballo delante de su esposa y los niños, cogió su arco, tomó una flecha y, en un instante, la lanzó hasta el pecho de uno de los atacantes. Del mismo modo, Sebastián, el médico, se transformó en el soldado. Jesús también levantó rápidamente su arma cargada y entre los dos abatieron a dos más. Otro maleante se abrió paso en su caballo cerca del padre Martín y levantó su hacha lista para atacar antes de que Inazin pudiera sacar otra flecha o que Sebastián y Jesús pudieran recargar sus armas. De repente, el caballo del atacante se asustó y tiró al jinete al suelo. Este quedó inconsciente. Antes de que Inazin pudiera disparar otra flecha, una flecha de otro asaltante pasó rápidamente cerca de él y se clavó en el brazo izquierdo de Sebastián, salpicando sangre en el aire. La flecha de Inazin también alcanzó a ese atacante.

Con una flecha clavada en el brazo que guiaba a su caballo y la mano derecha firmemente sujeta al revólver, Sebastián observó cómo los dos asaltantes que restaban huían a pie. Un soldado entrenado y un tirador, un nativo ute, un mexicano y una serpiente de cascabel habían frustrado su elemento sorpresa.

Cuando la adrenalina inicial se disipó y los caballos estuvieron bajo control, Sebastián se bajó de su caballo. Entregó su arma a Jesús y estuvo a punto de desplomarse debido al dolor, por lo que se apoyó en su caballo. Miró al atacante nativo inconsciente y vio por el rabillo del ojo una serpiente de cascabel que abandonaba lentamente el lugar. Eso era lo que había asustado al caballo del asaltante en el momento en que estaba a punto de atacar al padre Martín. Al recuperar la compostura, se dirigió a examinar al hombre tendido en el suelo cerca de la carreta. Le salía sangre de la sien. Consciente de que pronto podría recobrar el conocimiento, le movió ligeramente la cabeza y encontró dos marcas de colmillos en su cuello. Al parecer, la serpiente cascabel le había atacado tras la caída. Sebastián miró a los ojos del padre Marcos que le dijeron lo que debía hacer: intentar salvarle la vida. Aseguró las manos y los pies del hombre con correas de cuero y luego trató de succionar el veneno del cuello de este sabiendo muy bien que podría ser demasiado tarde. Sus compañeros podrían regresar o decidir seguir adelante. En cualquier caso, el asaltante nativo caído tenía una oportunidad de sobrevivir. El padre Marcos sonrió a Sebastián. Este le devolvió la sonrisa y luego se desplomó sentado cerca del maleante nativo.

Sebastián instruyó al padre Martín sobre el tratamiento de su herida. Debía romper el astil de la flecha cerca de esta, preparar un fuego y usar su cuchillo esterilizado con calor para sacar la punta de la flecha. Luego, debía quemar la herida para cerrarla y evitar la infección, que era el mayor peligro. Sebastián tenía casi treinta años, era fuerte, alto, de pelo oscuro y piel clara, descendiente de españoles. Había curado muchas heridas, pero nunca la suya. Cuando el padre aplicó el cuchillo caliente a la herida solo hizo una mueca, pero se desmayó del dolor extremo cuando salió la punta de la flecha. Después de más o menos una hora, el sacerdote le echó agua en la cabeza para despertarlo. Debían ponerse en marcha ante la posibilidad de que regresaran los renegados empeñados en vengarse. Con el brazo vendado, pero debilitado por el dolor, Sebastián recibió ayuda para subir a su caballo y los siete viajeros se pusieron de nuevo en camino.

Sebastián se metió en el bolsillo del pantalón la punta de flecha que le habían arrancado del brazo, como recuerdo de un ataque casi mortal. —Desviado por la gracia de Dios y la oración constante

—dijeron los dos sacerdotes.

Capítulo Nueve

Un guerrero herido y un sacerdote encuentran descanso

Después de cuatro días de viaje pudieron ver las montañas que ocultaban los poblados indígenas de Taos y un poco más allá Santa Fe. La visión de su destino les levantó el ánimo y espolearon a sus caballos.

Otra visión inesperada les proporcionó cierto alivio: una casa de adobe, humo saliendo de una chimenea en lo profundo de una pradera. Necesitaban un lugar de descanso para el enfermo padre Marcos.

La vivienda era una humilde casa de adobe de dos habitaciones, con la mesa de la cocina y la estufa de leña separadas por una pared del dormitorio con suelo de tierra donde dormía la familia. Había pequeñas estatuas de madera de santos, claramente talladas a mano, una cruz de madera en un rincón y una silla de roble ensamblada con ramas. Así era el sencillo dormitorio donde yacía el padre Marcos. Sebastián entró brevemente para ver cómo estaba su amigo.

Cuando el médico salió para informarles de su inesperado paciente, el ceño fruncido y su expresión ligeramente pálida y consternada dijeron claramente lo que las palabras no expresaban.

Eran malas noticias.

—Es posible que el padre no esté mucho tiempo con nosotros—dijo el médico—. Tiene una enfermedad que le corroe por dentro. Quiere hablar, pero ahora necesita descansar.

La familia abandonó la habitación dejando sólo al padre Martín, al médico y a un Marcos más lejano y dormido.

El rostro del padre Martín estaba visiblemente afligido mientras escuchaba el pronóstico de Sebastián sobre la difícil situación de su hermano sacerdote, pero sus cejas enarcadas indicaban que lo entendía.

El padre Martín salió de la habitación para unirse a la amable familia, consciente ahora de la posibilidad de que la muerte pudiera darse en su hogar. Para aquella gente humilde y pobre, pero profundamente religiosa y supersticiosa, la muerte representaba el abandono de un alma del cuerpo terrenal, un espíritu que podría quedar atrapado en el lugar. A pesar de ser un sacerdote y ser bienvenido en su hogar, seguía siendo un extraño para ellos y los padres solían contarles a sus hijos historias sobre almas que clamaban por consuelo en las noches oscuras. El padre Martín notó la preocupación en sus ojos y les aseguró que el padre Marcos no moriría allí. Parecieron aliviados y le devolvieron una sonrisa.

El padre Martín regresó al dormitorio con el médico y le dijo que debían marcharse rápidamente. La noticia de la inminente muerte del sacerdote podría desatar el rumor de una plaga y causar pánico. El médico estuvo de acuerdo y así se hizo. Incluso en la oscuridad, los jinetes creyeron que podrían encontrar un lugar para descansar.

Inazin conocía bien el camino, ya que sus antepasados *mouache ute* lo habían creado durante sus travesías entre las llanuras y las montañas del sur de Colorado y el norte de Nuevo México.

Los descubrimientos científicos de los niños plasmados en los dibujos y escritos del padre Marcos no significaban tanto para ellos ahora que veían como a su amigo lo subían con delicadeza a su caballo para continuar el camino hacia Santa Fe.

—Alabado sea Dios y Nuestra Señora, porque tenéis fuerzas para viajar un poco más. Deberíamos encontrar pronto un aposento antes de llegar a Santa Fe —le dijo el padre Martín al padre Marcos en un susurro.

—Rezo para que los niños no hayan venido en vano —dijo el padre Marcos en voz baja, con la mirada al cielo—. Padre Martín, debéis llevar el mensaje.

—Lo haré, hermano —respondió el padre Martín.

Después de acampar toda la noche, partieron temprano al día siguiente con la esperanza de llegar a Santa Fe en pocos días. En las proximidades de las montañas, se toparon con otra vivienda, esta resonaba con el bullicio de gallinas y cerdos.

Allí, encontraron a una pareja mayor que intentaba asar maíz en una estufa de leña hecha de hierro que estaba ubicada bajo un portal cubierto junto a la casa.

—Se puede, ¿podemos entrar? —preguntó Sebastián, solicitando permiso para ingresar al patio exterior de la pareja. Sabía que la costumbre española de respeto se extendía más allá de los límites de la puerta, reconociendo que toda la propiedad merecía respeto.

—Por supuesto —respondió el hombre.

La pareja vivía en una única habitación grande que servía como cocina y dormitorio, aunque se notaba una cama adicional en una pequeña alcoba contigua. Calurosamente, la pareja acogió a los sacerdotes. Al explicarles su estado, asignaron al padre Marcos la habitación más pequeña con la cama. Mientras tanto, el resto de los caminantes pasaron los dos días siguientes durmiendo a la intemperie, permitiendo así al padre Marcos descansar y recuperar fuerzas después del agotador viaje a caballo por el áspero terreno de Colorado.

La estancia, tan necesaria, ofreció al padre Martín la oportunidad no solo de descansar, sino también de revisar las notas del padre Marcos sobre el monstruo, acompañadas, por supuesto, de sus dibujos. El padre Marcos recordaba que su cargo era el de un sacerdote católico romano ordenado, pero también reconocía su formación como administrador antes de su asignación al asentamiento cerca de La Junta. Esas habilidades le permitieron registrar las necesidades de los nativos americanos y del pequeño asentamiento. Además, disfrutaba mucho de la pintura artística, plasmando vívidamente a través de sus dibujos las experiencias de vida en el lugar que habían dejado. Utilizaba tanto pinturas prestadas por los nativos como algunas que había traído de Santa Fe. Recordaba que, durante su tiempo en el seminario, le encargaban obras religiosas para crear vidrieras. Llevó consigo dos de ellas a La Junta y, con la ayuda de Jesús, las instaló en las ventanas de su pequeña iglesia de la misión. Como gesto de agradecimiento, el padre Marcos ayudó a Jesús y Tomás a pintar su casa de azul.

Antes de abandonar la casa tras el descanso que tanto necesitaban, el padre Marcos rezó con la pareja que había sido su amable anfitriona. Les dio su bendición y roció la casa con agua bendita. La pareja le dio las gracias repetidamente porque, aunque se habían casado con un sacerdote décadas antes, su casa nunca había sido bendecida oficialmente por un sacerdote hasta ese día. Con sonrisas de agradecimiento y un gesto con la mano se despidieron de los viajeros deseándoles que vayan con Dios. El padre Marcos esbozó una sonrisa y, tras toser un poco, se marchó cabalgando junto al padre Martín. Parecía que el padre había recuperado fuerzas gracias a la amabilidad de la pareja y a una taza caliente de yerba buena. El padre Marcos saboreó el té hecho con hojas frescas de menta silvestre, una medicina muy conocida entonces.

Capítulo Diez

La muerte finalmente encuentra a un querido amigo y líder

Los viajeros estaban a unos tres días de su destino y se adentraban en tierra poblada donde amigos o enemigos podían surgir de repente de la nada. Ya habían escapado de la muerte una vez.

Al día siguiente salieron más temprano que de costumbre con la esperanza de recorrer al menos más millas que antes. El padre Marcos estaba de buen humor gracias a las medicinas y al descanso y Sebastián había recuperado gran parte de sus fuerzas, salvo un poco de dolor en el brazo izquierdo herido. Todos los demás parecían animados y hablaban. Los niños conversaban con entusiasmo sobre el encuentro con quienes llevarían su mensaje a través del mar. Por supuesto, los hombres habían recargado sus mosquetes y los caballos habían bebido y descansado. Tal vez podrían alcanzar a cubrir 25 millas hoy si el buen clima los acompañaba. Estaba parcialmente nublado, borrascoso y ventoso, presagiando la llegada del invierno en las próximas semanas.

—Esperamos encontrar más gente en este trecho —dijo Sebastián—. Esperemos que sean amistosos —pensó mientras se acercaban a Santa Fe.

Sebastián recordaba que los españoles habían conseguido reprimir la insurgencia indígena en Santa Fe y que muchos colonos regresaron a este lugar y se dispersaron para dedicarse a la ganadería y la agricultura a su antojo con las concesiones de tierras que les habían asignado sus capataces españoles en Santa Fe y por último en España.

Sebastián también sabía que una minoría muy pequeña veía el crecimiento de las colonias como una oportunidad para delinquir.

Al acercarse a la cima de una colina al final del día, con la esperanza de encontrar un lugar donde descansar, escucharon los lamentos de una mujer. Buscaron frente a ellos y vieron a una figura de pelo oscuro sentada a un lado del sendero, con la cabeza agachada y una mano contra la frente. Se balanceaba de un lado a otro mientras lloraba sin cesar. Al acercarse, notaron un bulto en su abdomen: estaba embarazada. Dos sacerdotes, un caballero soldado y las pacíficas familias mexicana y ute, incluyendo a los niños, no podían simplemente continuar su camino sin preguntarle a la mujer la causa de su tristeza o dolor y ofrecerle ayuda. En ese mismo momento, dos jinetes a todo galope se acercaron desde el otro lado de la subida. Se detuvieron frente a los viajeros, sacaron pistolas de sus cinturones y apuntaron a Sebastián y a los sacerdotes.

—¡Tu dinero o muerte! —gritaban los hombres amenazando con matarlos si no entregaban sus objetos de valor.

El padre Marcos sabía lo que tenía que hacer.

En ese instante, el padre Marcos, cubierto con una manta sobre su caballo, simuló sacar un arma. Inmediatamente, los asaltantes dispararon dos veces. En ese preciso momento, Sebastián respondió con un disparo de su pistola, y abatió a uno de los asaltantes. Mientras el segundo asaltante a caballo intentaba recargar su arma, Inazin, tomó su cuchillo y se lo lanzó con fuerza. El segundo maleante también se desplomó del caballo. Al mismo tiempo, el padre Marcos, el hombre que inició el viaje con los niños, cayó al suelo, ya sin vida.

—¡Padre!

La palabra «padre» resonó en la llanura desde los labios de los niños. El padre Martín bajó casi volando de su caballo para atender a su hermano en la fe. Los niños, momentáneamente paralizados por el horror, dejaron sus caballos y corrieron al lado de su querido amigo. Cuervo, el fiel compañero del padre Marcos, gemía mientras corría hacia su amo y luego lamió su rostro sin vida. Rodearon al sacerdote mientras el padre Martín administraba la extremaunción. Los ojos del padre Marcos ya estaban cerrados. Jesús, Dyani y los niños incapaces de contener las lágrimas, lloraban como la mujer del camino que había llamado su atención. Sebastián hizo la señal de la cruz en la frente del padre Marcos. El padre Marcos sacrificó su vida antes que permitir que alguien resultara herido, consciente de que él mismo podría ser quien no llegue vivo a Santa Fe.

Dejaron a los asaltantes muertos donde habían caído. La cómplice de los maleantes, la mujer embarazada, corrió hacia los árboles y desapareció. Los hombres recargaron sus armas temiendo que vinieran más malhechores y luego colocaron con cuidado al padre Marcos sobre la silla de su caballo. Volvieron a montar tristemente en los caballos y se alejaron.

Enterrarían al padre Marcos en su querida Santa Fe, adonde llegaron cuatro días después. Los niños se hicieron cargo de Cuervo.

A su llegada a Santa Fe, el padre Martín pronunció el elogio fúnebre después de la misa, destacando la valentía de su hermano franciscano, su amor por la vocación sacerdotal y su infalible y abnegado servicio a sus hermanos en Cristo: los nativos americanos, sus compatriotas españoles, los mexicanos, su fiel perro y los dos niños a los que estaba especialmente unido.

—Ofrezco mis oraciones al Dios Creador y a sus creaciones del pasado, a las cuales mi hermano en Cristo entregó su último esfuerzo en favor de dos niños que las descubrieron. El padre Marcos vivirá a través de estos dos niños, Igasho y Tomás, y de las criaturas que encontraron en las rocas de este nuevo mundo, que en realidad es antiguo —dijo el padre Martín.

Los niños, con los ojos llorosos, observaron cómo enterraban a su amigo. Una lápida, lista para colocarse sobre la tumba del padre Marcos, decía: «Padre Marcos, devoto amante de Dios y de sus creaciones».

Después del entierro, los siete viajeros, junto con los seminaristas franciscanos, se dirigieron a una sala cercana que tenía como adornos una estatua de madera tallada a mano de San Francisco de Asís, santo patrón de los franciscanos, y una cruz con un Cristo crucificado y sangrante. Todos sabían, incluso los nativos americanos, que para los españoles era importante representar la crucifixión de Cristo de manera sangrienta, manifestando así esta probable realidad. Esto implicaba que sus seguidores, incluidos los viajeros, enaltecían y aceptaban el sufrimiento como un medio de salvación. Todos estuvieron de acuerdo en que, efectivamente, el padre Marcos vivió y murió sosteniendo estas creencias

En la sala, los seminaristas, guiados por su director de pastoral y sus profesores, agradecieron al grupo de viajeros por acompañar al padre Marcos y llevarlo hasta allí para su descanso final. Jesús y el padre Martín describieron la estrecha relación que el padre Marcos tenía con los nativos ute y, en especial, con los dos niños. Jesús también expresó su cercanía al padre Marcos como sacerdote y como padre sustituto. En ese momento, Tomás alzó la bolsa de cuero que contenía los escritos y dibujos del padre Marcos sobre el monstruo de la pradera, la colocó encima de la robusta mesa de madera y luego, con los ojos aún llorosos, Igasho y él pusieron sus manos sobre ella.

—La misión del padre Marcos aún no ha concluido —dijo el padre Martín a los sacerdotes y seminaristas reunidos—. Su compromiso con los niños que hicieron estos descubrimientos, y con la ciencia, fue que los documentos del padre Marcos sobre el monstruo de la pradera, que están dentro de esta bolsa cerrada, se entreguen a aquellos que puedan darles algún significado.

En ese momento, Sebastián se unió a la presentación y añadió que el mismo Juan Bautista de Anza había ofrecido su ayuda para llevar a cabo la misión del padre Marcos.

—La misión es esta —dijo con énfasis, señalando los papeles que ceremoniosamente sacó de la bolsa y puso sobre la mesa.

Los seminaristas y algunos sacerdotes lanzaron exclamaciones de asombro ante lo que veían. Los ojos de los niños también se abrieron de par en par. Sus bocas, abiertas por la sorpresa, luego desplegaron sonrisas. Sebastián, quien nunca había visto los papeles, junto con Jesús, Inazin y Dyani, dieron un segundo vistazo a los dibujos del padre Marcos. Descubrieron que el padre Marcos no solo había realizado dibujos de las huellas de la criatura, sino que también pintó, con los colores vivos de su colección de pinturas, muestras de cómo creía que debía lucir el monstruo de la pradera cuando estaba vivo.

Con la boca abierta como si estuviera a punto de devorar algo, la criatura de la pintura se erguía sobre dos patas traseras, con las patas delanteras levantadas sobre el suelo. El padre Marcos utilizó una pintura rojiza para la piel del antiguo reptil, pero lo que fascinó más a los niños fue que pintó al monstruo de la pradera junto a las paredes de su querido cañón, cerca de su antigua casa, y así reveló su enorme tamaño. En otra pintura similar, el padre Marcos retrató otra criatura sobre cuatro patas con la cabeza girada en su dirección.

Nadie, ni siquiera los niños, conocía estas ilustraciones del monstruo. Esperaban ver solo dibujos de huellas de patas, números, medidas y sus escritos a pluma.

—Esto no puede ser verdad —comentó una de las profesoras.

—¡Esto es fantástico e increíble! —exclamó uno de los seminaristas más jóvenes.

—¿Cómo pudo el padre Marcos llegar a estas conclusiones sobre su tamaño y su aspecto? —preguntó otro profesor.

—Pregúntenles a los niños —dijo Jesús—. Ellos pasaron gran parte de su tiempo con este y con las versiones más pequeñas de la criatura, las lagartijas que aún habitan en esa región.

—Compararon las huellas que dejaron sus lagartijas con las huellas de patas gigantes que se encontraban en el lecho del río
—añadió el padre Martín—. El padre Marcos estuvo de acuerdo en que había similitudes sorprendentes, suficientes para llevarlas a los hombres de ciencia.

Un tercer profesor, un hombre canoso y tranquilo que observaba y escuchaba atentamente, dijo:

—Conozco a un profesor de biología en Madrid que estudia los reptiles y sus orígenes. Es alguien que podría arrojar algo de luz sobre vuestra criatura.

—Es el hombre que necesitamos —declaró Sebastián—. Prepararemos inmediatamente los papeles y dibujos para el transporte. ¿Puede escribir una carta al profesor pidiéndole su apoyo para continuar con estos estudios? Pueden decirle que el padre Marcos verificó los descubrimientos hechos por dos niños de una pequeña colonia en el nuevo mundo.

Tomás añadió que el padre Marcos creía que podía haber otras huellas de monstruos semejantes en otros lugares del mundo.

—¿Hubo otros testigos de esas huellas aparte de los niños y el padre Marcos? —preguntó el profesor que tenía sus dudas.

—Yo soy uno de los que las vio —dijo Inazin en su mejor español, con Dyani a su lado.

Sebastián y Jesús también se adhirieron a las descripciones del padre Marcos, a pesar de no haber visto nunca las huellas.

El profesor que conocía al experto madrileño dijo que él escribiría la carta, pero con la ayuda de los siete, manifestando con sus propias palabras su apoyo a las conclusiones del padre Marcos basadas en el descubrimiento de los niños.

—Habéis llegado hasta aquí. ¿Por qué no ir hasta la universidad de Mérida y compartir allá esta información? ¿Por qué detenerse aquí? —les dijo el anciano sacerdote—. Además, tenéis la carta de Anza apoyando vuestra causa —señaló.

Los ojos de los niños se abrieron de par en par. Sus pupilas parecían platillos negros en un campo blanco, totalmente cautivados por la perspectiva de seguir viajando y de impulsar el trabajo del padre Marcos.

Sebastián, el padre Martín, Jesús, Inazin y Dyani se quedaron momentáneamente callados ante la proposición, mostrando expresiones de perplejidad que contrastaban con el exuberante entusiasmo de los niños.

—Un viaje así requeriría más recursos de los que tenemos aquí, incluyendo, tal vez, una escolta militar. Quien... —comenzó a decir Sebastián.

En ese momento, un agregado militar preguntó por él, interrumpiendo las palabras de Sebastián. Este se excusó y se marchó con el hombre. El resto permaneció en silencio hasta que uno de los sacerdotes dijo en voz baja: —Era uno de los ayudantes de Anza. No se dijo nada más, y los seminaristas acompañaron a los visitantes a sus habitaciones para pasar la noche.

A la mañana siguiente Sebastián reunió a los seis que componían la misión del padre Marcos, y les dijo que se unirían a la compañía de Anza en un viaje de Santa Fe a Mérida, Yucatán, y luego a Veracruz, un viaje que duraría poco más de tres meses cubriendo más de 2,000 millas.

Lo que Sebastián quería guardar como una sorpresa mayor era que Anza los invitaría a un viaje en barco desde Veracruz a España para conocer a la Corona Española, el rey y la reina de España.

Tardarían semanas en preparar el viaje. Durante ese tiempo, Jesús y los dos niños construyeron un pequeño cofre de madera marrón, similar a un cofre del tesoro, para llevar los escritos y dibujos del padre Marcos. El color marrón del cofre se asemejaba a la túnica marrón del padre, el color de su orden franciscana. Para los niños, las pinturas y los dibujos eran como oro: tesoros de la ciencia que revelaban secretos de la naturaleza ocultos durante eones.

Los niños, junto con el padre Martín y Cuervo, visitaron la tumba del padre Marcos. Como si estuviera vivo entre ellos, los niños le hablaron con voz emocionada detallándole lo que estaba a punto de suceder con la información para cumplir su misión.

—Estará con nosotros por medio de sus pinturas —dijo Tomás del padre Marcos.

Cuervo movió la cola como si entendiera las palabras dirigidas a su querido amo. Tomás sabía que el padre Marcos estaría orgulloso de ellos, sus pequeños amigos a quienes tanto quería. Igasho apretó el puño contra la parte superior de la lápida en la familiar bienvenida y despedida uniendo su espíritu al del sacerdote. No pudo mencionar su nombre, como era costumbre entre los nativos americanos en relación con los muertos. Pero Tomás siempre tenía el nombre del padre Marcos en los labios tanto como en el recuerdo de sus hazañas con los monstruos de la pradera.

La noche antes de que la unidad de soldados, el padre Martín, los niños, Cuervo, Sebastián, Jesús, Inazin y Dyani salieran de Santa Fe, una deslumbrante lluvia de meteoritos con vetas de casi todos los colores y brillos iluminó el cielo nocturno. Fue como si el padre Marcos les diera su propia bendición y les dijera que vayan con Dios.

Anza también llevaba un tesoro a España: el tocado del jefe Cuerno Verde. Los dos tesoros, los dibujos del padre Marcos y el tocado, llegarían a España al mismo tiempo y unos cinco meses después de salir de Veracruz.

Dado que los españoles y los nativos siguieron una ruta conocida desde la colonia fronteriza de Santa Fe hasta la capital del nuevo mundo en Ciudad de México, el viaje con la gran compañía de soldados transcurrió sin incidentes. Del mismo modo, la distancia restante hasta Mérida y luego Veracruz transcurrió sin dificultades. Allí embarcaron en un navío español y llegaron cinco meses después a un puerto español.

Con Sebastián y el padre Martín como guía, llegaron a Madrid donde se reunirían con el erudito profesor.

Lo que comenzó como una misión terminó como una expedición exitosa. Regresaron a Santa Fe en el verano de 1780 con la promesa de que lo que el padre Marcos, Tomás, Igasho y Cuervo habían descubierto despertaría la curiosidad y la imaginación del mundo y se convertiría en el monstruo de la pradera que todos disfrutarían por muchos años por venir.

El fin